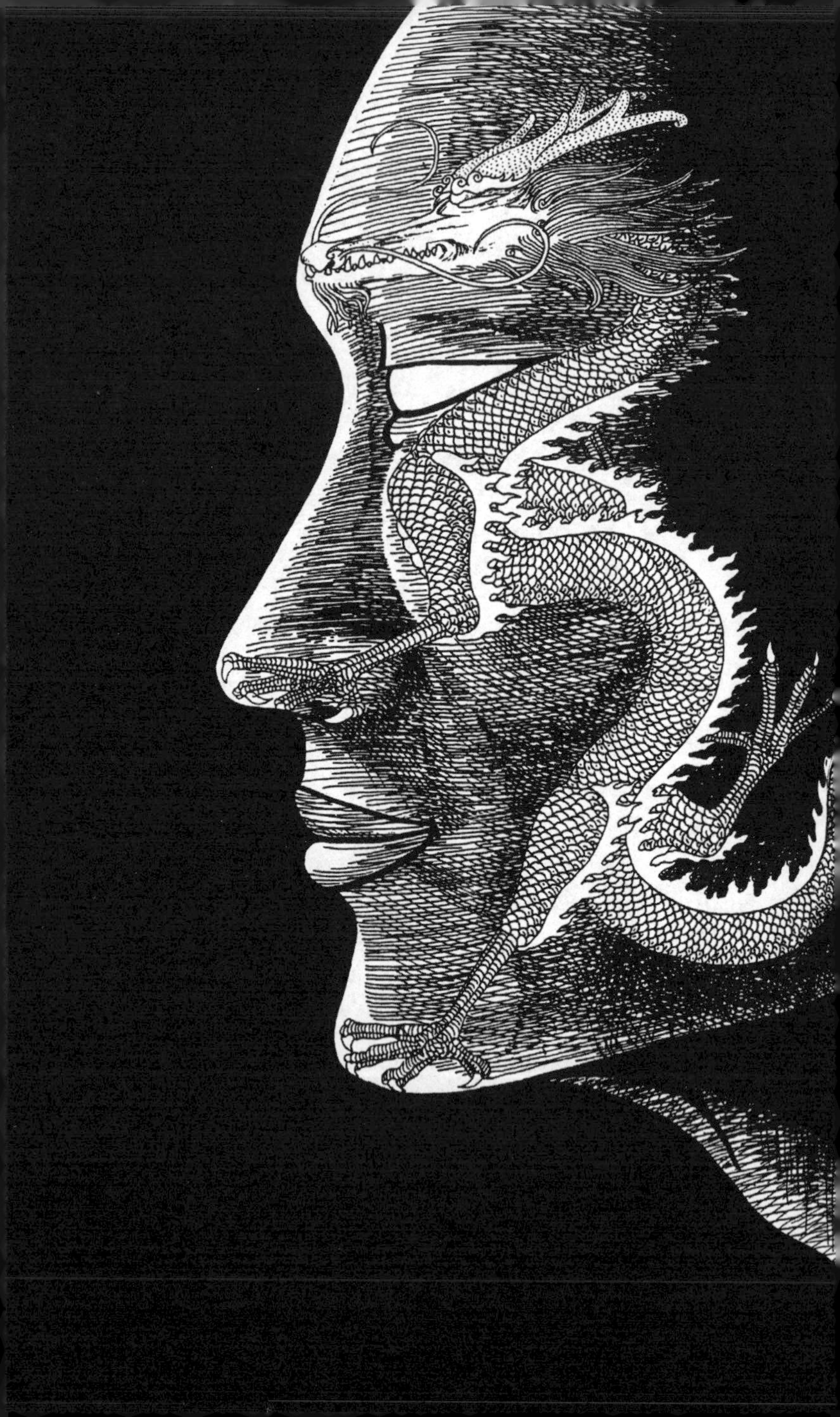

羅智成詩選

# 諸子之書

「不要急！」

像一個緊緊靠在身邊的人，他說：

「中國的古代才開始……」

# 目次

# 序言

名單越來越長，焦慮也越來越深。

要把早先那些敘事或詠史的作品整理成一部可以稱「諸子之書」的詩選，目前蒐集到的詩作怎麼夠呢？

即使不刻意要求完備周延，至少不能因為有太多疏漏而讓自己事後耿耿於懷吧？例如那些我已動筆卻始終無下文的張騫、白居易、蘇東坡；目標鎖定還無暇研究的陸羽、周大觀、李時珍，還有許多我相當感興趣，對他們也蠻有想法的精采人物，最後，隨著出版時限的確定，不論是名單還是焦慮，都得就地了斷。

整整多拖了兩年，只增加了三篇新作：洛神、李白和蒲松齡。都是想了很久、寫了很久，可是在心裡老覺得不踏實的作品。

特別是李白。中學以來，我案頭一直都擺放著杜甫寫他的「痛飲狂歌空度日、飛揚跋扈為誰雄」這兩行詩，也許是文藝少年在當年暗自攀附跨時空知己的行徑吧？一旦要寫他，會不會也洩露過多自己？

蒲松齡可能迄今仍是保有古代人類對超自然想像最豐富的作家。雖不全然是創作，也有些道學迂腐的枝節，但是他搜羅各式生靈——甚至無生物所建構的因果循環系統與多維度世界卻令人歎為觀止。

曹植所處的是風起雲湧的年代，他的傳奇身世、浪漫才情與謎樣愛情曾讓古典時代的我著迷好奇。而神祕、跨時空的洛神正是他當時苦悶最美麗的象徵……

和「諸子」有關的構想源自一九八九年初版《擲地無聲書》。在那本詩集裡，「諸子篇」是主要的構成內容。當時序文對這部分是這樣說明的：「『諸子』顯然將成為本書較容易辨識的特點——它確定了我在詩作題材與方向上一個重大而根本的改變。這個改變在《傾斜之書》中的〈問聃〉、〈離騷〉即已表露無餘。在形式上，這些作品沒有新奇的嘗試，卻破天荒負載了許多我以前不輕易透露的訊息。……『諸子』的完整構想從我最欣賞的思想家荀子開始。他是我所認為的，這個古老的文化中一直非常短缺的人格類型。能清澄的把問題分進正確的籃子裡，又有足夠的推理記憶去從事深度思考，而不願將就著把結論交給修辭學。

耶律阿保機，是我為自己的文化理念致力模塑的另一種人格類型。用以抵抗傳統偏執、一元的、拘謹呆滯的文化氛圍。

加上〈徐霞客〉，再加上〈李賀〉、〈齊天大聖〉、〈離騷〉、〈問聃〉、〈說書人柳敬亭〉，了解我的人，應足以了解我的用心。

為一個徬徨的社會尋求文化理想，對一個從事文學創作的人來說，最出得上力的，很可能就是對更實際人格的探索及理想人格的塑造。這是我深切體會但不曾明顯強調的……」

其實在書寫這類主題的作品時，我還有一股強烈的內在動力，那就是練習透過較嚴謹的知識、思維與創作——也就是以詩的方式，來呈現我對事件本質的真確了解、特有態度與洞察。那幾乎要從〈那年我回到鎬京〉或更早的作品談起。學生時代的我既無法滿足於被陳腔濫調所描述的正統歷史，也不習慣過度美化，或者從通俗藝文、武俠小說借取意象與觀點的文學表達；又無法接受後見之明者挾當代知識優勢武斷、粗暴地評價傳統文化。於是想藉由詩創作來實驗、摸索新的詠史美學，它的目的就類似前述：表達個人對歷史的閱讀心得、詮釋與再創作，但強調理解基礎必須吻合史學或考古學知識；想像基礎必須從人性事實出發。

但是，仔細想想，真正能叫我提起筆來埋頭創作的，還是古往今來這些性格鮮明的精采角色與他們的成就吧！

《諸子之書》是我迄今所出版的，第一本以舊詩作為主的選集。大部分都能在《傾斜之書》、《擲地無聲書》中找到最初的出處。我認為在這裡頭所表現的人物不必然是典範，比較像是我希望這個社會能擁有的素質或價值的象徵。

由於長期第一線參與臺灣的文化事業，使我有機會親身接觸到更多精采豐盛的人物，但是目前他們離我和大家都太近了！還沒有足夠的空間讓詩或文學來發揮，只能用別的途徑來呈現。

「有精采的人，才有精采的文化。」這是我幾乎在第一本詩集之前就隱然成形的信念，並在早先的序言中認真地討論它。多年後的今天，我還是十分自得於這個想法。

對傳統文化我一直有著很深的情感。我也相信越是文明的人越懂得古代人類無中生有、自我啟蒙的艱難與可貴。我當然更明瞭，像《諸子之書》所暗指的，這樣理想的中華文明其實既不存在於當代大陸，也不存在於臺灣，甚至可能也不曾存在於任何一個朝代、任何一個時空。

文明的本質，或者說文化的生命力不就是這樣嗎？不時在生產、填補、創造過去所沒有的事物、事件與價值，為了活在現在的人。

二〇一三年八月

# 那年我回到鎬京

那年我回到鎬京
繞過文人的筆墨、浩瀚的史籍
在怨謗指陳的事實裏
那些使我靈魂楚痛的線索……

倦坐田疇
不可挽回的時間
在這塊版圖進行了永久的隔絕

相似的眉目，稠濃的血水和傷痛
可以抹飾　卻無法契黏瓦與塑膠
成為那被固執著的文明圓滿的瓶

那年我回到鎬京
為寂靜的歷史印象
造訪一些絕滅了的鄉音；
我們席地而坐
話題不外小米、粗布和祭儀
他是訓練有素的貴族
為貧脊的封邑自豪　對子民有生疏的善意……

在他善意無法具觸的
十室之外，那年
我回到鎬京
在卸了場的舞台上
摺起英雄色彩的遐想
正如預期，也沒有弦歌的聲音
版築之間
壞疽的老者說：
「我們只是多了一口氣的泥俑
煙硝與姓氏的背景。」
「命運太強橫

奮鬪太迂遠
在人性與雨量的變率中
我們只能馴良地
沙質或石質地死亡……」

在時間的溝壑中
懷舊者虛擲著想像
為了不實的擁有……

那年我回到鎬京
路上遇見一些溫和，遲緩
年輕的男女祖先

「鎬京？」妳失聲而問

「就在那，」我知識中的陶器贗品

「三兩貧戶棲息的土崗

猿猴侵佔的廟窟

旱雲高踞的樹椏……」

「它無可挽救地遙遠……」

眼前一切，因此也無可挽救地遙遠。

# 問聃

「來，」他說：「……仔細看我……」

「仔細地……」他緩緩移動。

落葉飛向星空，菌類競相萌芽

「你看見什麼？」

「智慧。」

「智慧？」他愣了一下：「我不是指這個……

——還有什麼？」

「死亡。」

清澄，沒有悲情陰影的死亡
就只是自然現象的死亡

「您要不要也看看我？」
「但我太老，目光眊鈍……」
「試試看？」
「一些笙樂……
相對於巨大的溪澗而太顯侷促的山水……」
蛾撞在窗上
「是不是也有死亡？」
但是百花沿著乾涸的河床盛綻。

## I 沙

1

沙礫游行在泥版與窯洞的街市
車駕過隙便揚起
許久，又散落在陶器與耕具上
手工的街景更形粗舊。
沙礫浮在汲水的井以及
婦女的布衫上
旅者眼底一片迷濛
左側的柴店堆滿了荊棘
右側的鋪子磨刀霍霍

而砂與岩石對峙……

## II 洛陽

2

過了小米田，溝下的葛藟和農人的野炊
南宮敬叔說，就到洛陽了，夫子。
在那，短松崗下，就是河，濃稠的河
對岸，就是洛陽，日薄西山的洛陽
大師的童僕，已在路旁守候
蠅蚋也因人煙而聚集——
夫子，

再經過窮人的怨詈
富人的驕狂
我們就將進入洛陽，陳舊
木製的洛陽……
我們的馬有些闌珊，人有些困疲
雁禮發出熏人的醃味
還有一包裹的疑問
等待得道的廚師來治理
饗我們轆轆的飢腸。

3
走過傾頽的樑木
苔侵的舞雩和年久失修的彩虹

我們來到旗桿下方
衰敗的旌旗淪為蝙蝠的巢穴
他們在暮色中跌撞。
夫子
你金色的額頭上
那些深思的紋路
湧動，像夏至的黃河
糾結，像神祕的書契
在回風中辯駁……
民如蓍草
當變亂龜裂了古老的典範
我頹然卜出你心中的憂傷

## Ⅲ子曰

4

在那乾涼的方場
嬉戲的孩童圍車奔繞
灼亮的眼神，像岩峭中的玉礦
清明不掩的人性，因無知而理直氣壯
在那乾涼的方場
我遇見一個矯健的男孩
他桀驁坦蕩地對我打量
卻也暗含謙遜守禮的形象
在善惡環伺之下

這是多麼令人著迷的資材
創製出完備的文明和
令人傷痛的荒涼

5

現在我們來到原先最熱鬧的街道
只是市集已散，樹影幢幢
白天雜耍的夷狄圍火低歌
在一片蒺藜底下
拐過轉角
便是塵封了先人智慧的地方
我們得好好觸撫這一片宮牆
步行

沿著德行沒落的方向
來到荒蕪的井田中央。

6

什麼事物，在歷史的初期
便使我們濃重地懷鄉？
什麼事物，像稀落的竹籬
意念所及，就一鞭鞭抽打在心坎？
為何堅固的基業只能口傳給後代？
堯舜的國度怎會淪為歌謠和臆想？
現在，讓我整理一下衣冠
走過這腐朽的柱廊
他人苦心與愚昧的震撼

都使我的靈魂悽悽搖愰。

7

柏樹盡頭
他們長久維持陵墓的光亮
典章文物的盡頭
有縱恣的笑聲說
「這還有什麼用……」
「而一切原本井井有條……」

8

一切原本井井有條
只要我們曉得去尊敬事物
把不落實的北辰懷藏在心

適當地為優雅容忍功利上的損失
佩帶玉珮、種植蘭花
或樸實的植物
每走一步路
都因為踏在厚實的土壤上
而滿懷欣喜

9

那些在最表面的事物上賣弄聰明的人
在我們的船上鑿解渴的井
我總是不能釋懷
那些掙出牢籠的亡羊
在蟲蛇出沒的沼地盼顧

我總是不能釋懷
那些尊榮的麟獸
成為沒有惡意的餐桌上的佳餚
我總是不能釋懷
那些躍出人性柵欄
又得意且必然陷入人性更頑固本質的人
我總是不能釋懷

現在，我來到心中甬道的出口
不知迎面而來是草原的晨曦，或沙漠的永夜
我摸索許久
在顛簸的思路裏，時常遲疑……

傳言中的人
會不會又是個狡黠的智者
在苦痛擾攘的亂世高蹈取寵？
急智的對白愚弄了樸拙的真理
叫我們聽遠方的風雷，看遠方的虹霓
卻忘了手中折損的斧頭
告訴我們不要接受
損失一件皮裘的哀傷
所以先焚毀整整一座倉房？

11

當強者視德行為藩屬
治理他能力無法觸及的對象

弱者視德行為牽絆他人的
自保的藩籬
且人人意圖私下豁免於例外
我們是不是錯估人性所嚮往？
這些，我要問問他
當長久以來我們所憑藉的
拘謹，感性的封邑（啊飢饉的封邑）傾搖
我們要不要，再逗留一會？再低思一會？
還是扶老攜幼驟然投向新的真理？
這些，我要問問他
在好惡與事物的變遷中有沒有顛仆不移的雲朵？

這些，我要問問他

12 出喪的時辰遇見日蝕怎麼辦？
這些我要問問他

## Ⅳ龍

13 在曠室半晌
我才發現到他。
座落於灰色的長衣裏

像塵封的日晷丈量黑夜
笑容有待客的勤懇
又似無人在旁
眸光內斂而結實
像包不住廣大的風景而緊繃
又像只為看一粒砂子而從容
又像龍蟄睡泥沼
滿是對人世的熟悉與慵懶
在曠室半晌
我才發現到他

14

我疑惑的長者
極可能為異獸所冒充
看不出任何和我相仿的地方
也看不出熟悉的智慧和信仰
他不時隱遁於背景中
難以辨識 無從捉摸
突然瘦癯的身軀移動
漲大了許多
整條蟠曲的靈魂終於舒展開來
鱗光閃閃
沿樑柱而上。
再一吐氣

竟和星辰間的潮汐
大地的生息、雲霞的步伐
和諧一致
為時尚早的春天呼之欲出
外頭的夜空
有流水的清澈
話語　遲遲未出口

15

我戒備著的智者
像條長蛇
幻影成千，氣勢綿綿
他盤距了整座屋宇

並指揮整個天空
起先整個宇宙都敵視著他
但他卻消失了蹤跡
我也消失了戒意

我說：
「一切原本井井有條。」
他說：
「不可能的。」
他低低地說
像睡著了
像簫的六孔

輕輕發聲

聲聲具體為陶醉的螢火蟲

「不可能的……」

又有四隻玄祕的螢火蟲

在灰濛的室內由弱而強而真實……

17

「每個時期

在有心人的眼裏

都是亂世

都是末世。」

室內由於驟增的螢蟲而轉亮

他深奧的面孔

因牽動而百感俱發
似寐似醒
似言未言
似悲憫似嘲諷
似關切似盲目
我置身甬道出口
一片漆黑，望見山下的燈火
想不出接下句話

18

但在沉默的時刻
他又急速萎縮
怕他在案前蛻化消失

我急問：「那何時才是盛世？」
我問得膚淺唐突
他沒有回答
不再回答
螢火蟲陸續飛出
整整一個時辰我不敢動彈
怕驚擾了已變得十分細小的他
但他確實已不在屋內

19

冗長的暈眩
我不敢開啟窗牖
面對他的時辰

整座屋宇也乘著大氣
運行
現在，
也許還沒繞到原先出發的地方

20
枯坐案前
我注視最後一隻螢火蟲
室內一片死寂
「也許該說，相對於理想
每一個時代都是亂世。」
我思索。
「但是真理的路如此寬廣

雖是一個方向
兩邊卻無際涯……」
在發話的地方
另羣螢火蟲的照射下
他像未曾離去，在原先的位置
這次我千百倍興奮於起始
像迷途的夜客
望見百里外的燈火
就想叩門
我叫
「大師，」情不自禁
在適才的期待裡，我竟已虛脫了自己

21

我汗涔涔問

「關於那些法則、典範……」

「沒有世界比現在的更真實……」

「但我珍藏的藍圖……」

「沒有世界比你的努力更真實……」

「我知道了！」

「我知道。」

「但是……」

「我知道。」

「所以計較……」

「我知道。」

「所以不滿——因為依賴……」

「我知道。」

這時滿屋的螢火蟲快速飛舞

使得室內愈加明亮

「我們有相同的部分嗎？」

「我知道……我知道的部分，我們都相同。」

而我知道一切……

即使一切之中有我不知道的部分

所以我們相同。

所以和他們也相同……

## V古代

22
因此我毋庸多問了
走到微霧的室外
晨曦還沒照到最高的枝頭
「不要急！」
像一個緊緊靠在身邊的人，他說：

23
「中國的古代才開始……」

## 墨翟

但誰能責怪他的離席呢？
當兩頓半的青銅編鐘與才藝
為封建主的晚膳，繁瑣地發動
一座莊穆的玉的鍋爐
為一顆昏蔽的心
隆重啟奏
這樣的縟節，墨子說，
任一急切的理想主義者

都坐不住的。

出了東門，晚霞已經久候
他們一塊低頭疾走
散了的市集
遍地遺留
錙銖必較的庸碌酸楚
他更加惦記起同志
他們在危城內習劍
在爭鳴的百家外編織草屨。
旱瓜田進入枯癟的收穫季

古中國的文明、禮樂
只疏星般點綴
如新石器晚期的貧瘠。
為這苦澀的知識
誰能責怪他的離席呢？
雖然壯觀的兼愛
掩不住偏狹的理解
這免不了的
一個實心眼的人，虔誠又焦慮。
沿著不存在的
筆直的道路

褐色的孩童提著田鼠和笑聲走過。
他的主張屢被質疑
不管它，墨子說，
我們全然信賴
背後看著我們的那雙眼睛

那無可厚非
這麼多勞苦、無私的工程
值得一位公正
全知的評判者的。

# 莊子

從知識的傷口望出
濃雲正被急速拖曳
萬里美景的包裝正被打開——
只是等了許久還不現天光
因為大鵬過境

大鵬過境
大塊噫氣

所有心思被連根拔起
所有空虛的事物被吹出聲響
甚至凝聚的視野
也被舞成彩綢萬匹——
有人才要去追他的鋤頭
轉眼又失去了自己

在一場不尋常的爭辯後
我們緊緊攀住脫韁而逝的大地
暈眩　沮喪　不住地喘息
他點石成兵的話語激射橫流
幾乎支解所有常識

隱約的浮石
是我們被沖擊的心智

沒有人知道他活得如何
也不知道他對生命滿不滿意
但是他高海拔的視野
極大化的觀點必然嘲弄了
文明禮教的生澀拘泥
先秦聖賢的苦心孤詣

關於美麗的蝴蝶濠上的游魚
北溟的鯤鵬或南極的藍鯨

原本都不是我們的話題
但是我們都跟著他雄辯的想像
身陷在這裡

在一場不尋常的爭辯後
我們緊緊攀住脫韁而逝的大地
暈眩　沮喪　不住地喘息
但是他繼續用大尺度、大跨距的寓言
堆砌　堆砌
現實素材建構不出
令人搖搖欲墜的高度
但是我們都

身陷在這裡

穿粗褐的主人
逕自去放風箏
「來！」他在嶙岩上大喊
「我們來探勘虹的筋脈！」
地球自轉的聲音
掩蓋了莊子的話語
斷線的風箏迅速隱入天際。

# 荀子

就在那時
一顆星晃動——遲疑了一下
沿盈溢的天穹滑落
迅逝的光輝
來不及的歎息……
祀典前夕的村舍
風起

醒夢邊緣的動靜
溢出鴟鴞的面具
窗牖捭闔
陶甕顫然，欲發……
磨過屋瓦
露水只垂落半滴……

當風被收緊——聽！
聲音的尖端
在那
眾樹高舉
包藏萬籟的萬竅之笛

他們的年輪正在甦醒
妖嬈的菌類
搜括而來
怕聽的耳朵……

荀子說
不要怕
這是罕有的夜
美麗騷動我們生疏的靈魂
不要怕，握緊知識
睜大眼睛
胸懷天明。

# 離騷

你知道，南方
是特經許諾的……
多情的巫祝十分相信這些

那時中國還未成形
羲和的車駕只到淮水，最多長江
一直到顓頊——我的祖先
聖王的血，解凍，南流

又過了幾千年
他的血統流到了郢
郢那時不過是一片沼澤啊
退隱的神祇和精靈
充塞於大氣中

整個雲夢——唉整個雲夢
都是蘭花啊！

又過了幾百年
霧靄後撤
雨季結束

楚已成為驕傲的南方
還問過鼎的重量

我們崇愛黑色鑲金的美學
薰香撲鼻的德行
繾綣的宗教
敏感、拘謹、好幻想……

更被流傳的說法
是祕密的婚契，在人神之間
以及魚鷹、萱花與
朝露的精靈

不斷　不斷的相戀

寅年寅月
我的生辰必須提及
尤其它冥冥決定並
注視著這一切。

那時攝提星斜照東北
正月最後一場薄雪
剛滌淨早綻的江蘺
我的母親——
正如某些楚人的母親——

一位神祕　地位很高
但不出名的女神
把我安置在菌桂之間
用蘭苞裡初溶的雪水
擦拭我的靈魂
發動了我永不冷卻的血液
二十歲
我有一個全南方都傾慕的名字
靈均

我怎知道
我還有個意識清明的惡運？

低平的湖畔
並不適合遠矚啊
楚地不可避免的
生胚的粗糙
屢屢銼傷早熟的心靈
我對此一籌莫展
判斷的法則還沒確立
最好的事物怎可以貿然出現？

但是，正如手持的木蘭
我也有美麗與芬芳的期限
在歲月的變遷裡

我發現
唯死亡是顛撲不移的真理
而且沒有分辨的能力
優秀，終成為我的痛楚——

你怎能只給鳳凰一尺山水？
你怎能只給恆星一個夜晚？

我何嘗不知我的急切？
冷眼，還有那些冷眼？
他們以從容的口才菲薄我
在宮中佈滿釘鈎

阻絆我的衣裾
使我像胡亂吐絲的蠶
自縛於嘔心瀝血的忙亂
但我無暇在他們曲折的巷弄中摸索
當一首嶄新的詩作
把我舉向星空
而一個無匹的關懷
把我拉回原先的憂忡

是啊，邊界頻繁的馬蹄
已鬆動了宗廟的支柱
金屬的腥味打斷了

辟荔香的逗留
秦地的軍火工業
遮蔽西天的殘霞
巴蜀粗製的謊言
更騙死了高貴的懷王

啊靈修靈修，我該如何說起？
我對他是耿耿於懷的
像蚌對珍珠耿耿於懷……

這人，高踞席上
不可思議地賞識起你

彷彿要延續前世的默契
帶你到雲霧盤據的穀倉裡
訴說他六歲時的單戀四十歲的激情
先王嚴厲的管教，以及
不切實際的領土野心
那時我們都還年輕
胸中塊壘未經雕琢
像待譜的樂章
一會兒冰河
一會兒融岩
移動，像成塊的雷電
寂靜，像最溫婉的春天

但是，他斷然忘記一切
像落地的玉珮斷然缺角
我辛苦種植的九畹蘭花
全遭蹂躪——
我來到議事廳
裡頭爬滿了茅菉蕭艾
我來到內廷
只有幢幢的人影和諂媚的辭令
最後，我們見面
他指南方
眼裡沒有一絲遲疑一絲眷顧一絲牽掛。

他令我心驚
那時，
但他真像極了王
虧這令人疾首的昏昧
這令人錐心的冷酷
他真像極了王

但是
我們曾是知交，真的
曾經非常非常要好……
而南方，你知道

是特經許諾的
第二次，我來到揚子江邊
衣衫停滿沙塵
大陸性氣候的溽暑
荼毒著岸旁的申椒
一陣風沙捲起
耀目的灘邊，一隻虬龍
正痛苦地退化
虹抽走它五彩的紋鱗。

黃昏時
晚涼的河邊傳來笑聲

楚地到處有這樣的人
他們不堅持花卉
也不堅持美學
在河上結草而居
網罟為生
好為寓言
我無顏相對
因為血液不同
而且在獨善與兼善之間
兩頭落空

孤獨日日腐蝕著我

像為了要早點歇業
曝晒著滯銷的花朵。
而原先，你知道
我是最不勇於割捨的
轉寰之心，與一次又一次
死灰復燃的希冀
我放棄了其他可能的學習

從什麼地方起，我誤入了歧途呢？
這段時日，我深深被自己吸引
當眾人皆醉的時候
我獨自

在鵬鳥墜燬的湖邊端詳自己——
特定的命運總要特定的人完成
每個人都是獨一無二的
向內審視的眼睛已經開啟

於是，我披著江離、辟芷
束著宿莽、荊棘
捧著秋蘭
放歌四野
澤畔的村民
竊竊低語
小女孩跑上前來

我贈她一束蕙草
小男孩跑上前來
我贈他一把揭車

我賣力爬上岡陵
一陣大風更新了我的心情
我終得又以孩提的眼睛
初識了我熟識——
熱愛——
熱愛得疲憊已極的
國土
啊國土

我不禁老淚縱橫了

什麼時候
神祇和精靈們靜靜地撤走了呢？
什麼時候
雲不再低低地棲息
龍不再因翻身甜睡而發出摩擦的聲響？
什麼時候
巫祝的歌失去了溫情？

巫祝的歌　失去了溫情
因為他們不再相信

但我堅信不移
南方，是特經許諾的
值得我全部的愛
全部的苦楚

我將在流動的河水上
鏤下我的話語。

# 洛神

多麼不適當的時辰啊
妳出現了
在建安年間
所有讖諱、惡兆紛紛
為朝代更迭妖嬈綻現
徐幹、陳琳、應瑒、劉禎、王粲
七子中尚存的五人全在瘟疫中死了

多麼不適當的時辰
我卻絕望地戀愛了
那是何等難堪與悲哀
我的兄長、我的父王
監國使者與知心同儕
讓處境更加艱難
卻是無助無告的妳
為我容身庇護所在

一次又一次不適當的時辰
我慌亂窺看著妳
在眾人衣袂冠蓋之間

將飛未翔　忽隱忽現
就像多年以後
我路過洛川
流眄荒蕪神祠
妳恍惚於岩畔
翩若驚鴻、婉若遊龍

但我們之間的親愛
不曾斷了聲息
回眸的那一眼
輕啟的那靜默
悲涼、溫暖而清晰

亂世情緣
難免殘缺
唯殘缺使夢清醒
使愛頑強
使頹廢自棄的我珍惜起
每一片刻的生命之喜
珍惜起
階前欣然的春草
夜半忽降的冷雨
戰場上被驅趕
一排排緊張憂懼的軀體

多麼不適當的時辰
結局在開始時已經發生
他們赧然遞給我
妳留下的金縷玉帶枕
閃爍著關於妳的言辭
迴避著我無謂的詢問

終究，我只能虛擲
全天下百分之八十的詩情
為妳送行……

我曾渴望佔有

妳絕世的美貌
妳無盡的憂傷
我曾渴望佔有
妳乖舛的命運與不測的下場
甚至旁人對妳所有不確切的想望

但是我一樣也不曾擁有
除了多年以後
洛川那首歌賦
和後世的蜚短流長

多年以後

在苦心孤詣的華麗作品中
我再次目送妳遠離
忍不住想：
也許，別人也都不曾擁有妳
但是，
為什麼單單是我失去了妳？

# 太白

痛飲狂歌空度日，飛揚跋扈為誰雄

總是這樣
執迷學道、巫醫、煉金術
經世之學與招式怪異的劍術
不凡的生命在凡間找不到出口
跨界　越界　徬徨在長安街頭

你無時不在探索
好奇好事又好動
興致太容易點燃
耀眼才華形同光害
用酒也澆不熄
用傷痕也無法掩蓋

總是這樣
一個雜學又雜耍的詩人
靈魂太老　青春期太長
躁動著莫名能量與奇想

出沒宮廷、酒肆、政變現場
儘是是是非非的地方
好出頭的邊緣人
不免不時被中傷

總是這樣
展翅便扶搖九萬里上的雲霄
斗酒便解構了楚楚衣冠的虛矯
七絕古風靜默了
騷人墨客自娛的聲量
噫吁嚱危乎高哉
樂府歌行讓齊梁詩文直如

敝帚自珍的小技蟲雕

總是這樣
無處棲息的鵬鳥
四顧茫然於八極之表
大塊無盡的文章與氣象
如何以個體意志彰顯？
永劫回歸無盡期
一萬年的憂愁
如何以百歲之軀承載？
詞學是你的本能、本命

所以你來，渴望成就的
一定要是更高更難的事
你屢屢破格
驚嚇同儕　區隔自我
甚至置自已於眾人不解的險境
你屢屢越界
如天河上的不速之客
相信沒有哪件精采、偉大的故事
不可觸及或參與
你來，是為了更高更遠的事

他們苦苦追求的成就其實是你
急於脫離的窠臼
他們不敢跨越的邊境
再過去再過去才是你的啟程之地

你最得意的
是仰天大笑出門去？
是驚風雨泣鬼神的詩句？
醉臥京師最柔美的膝頭
還是永遠泅泳於月光之中？
來自邊陲

帶著被塗改過的身世的你
我想，最幸運的也許是
活躍在中國最具童心與罫酮素的朝代
整個文明熾熱的眼光
緊緊跟隨著你
看你流竄在開元天寶文壇與
夜空的每一個角落
你的豪情、酒與與精力
你的浪漫、苦悶與動機
不就是時代精神嗎？

有誰
還有誰比你更唐朝呢？
始終沒準備好寫你
但在我的詩作中
我怎能不提到你？
我身處積弱　偏安的年代
一個離盛唐比月球更遠的島嶼
跟你一樣
緊緊懷著自身小小的文明
空想有朝一日
為所愛的人貢獻夢想

制禮作樂
但是此時此地
我比你更不存在……

在文學史上
我最喜歡的位置
你已坐上去
我最喜歡的角色
你已盡情將自已扮演
盛宴已過　盛唐不再
我疲憊地摟著我的作品

獨自斟酌著文學的冷清

但是
只要有你
你亙古的孤獨
和你勸酒、奮起的詩句
我便自甘寂寞
如滴酒未沾的空杯

# 李賀

## 窗外嚴霜皆倒飛

為什麼一把琴發出它不該有的樂音？
在二十歲？在晚唐？
在那混雜骨、血、啼、笑與濃夢的
礦床
一鋤鋤斧鑿與雕砌的岩創？

塵埃落定
纖手揚起。
當巧燕拂過絲竹之瀑
玉鑄的群山依次碎裂
聽覺的蕈菌遇雨開啟
粉臉上慵懶的睡痕
被檀煙與酒光扭曲
豐柔的丹蔻遲疑地
攀上原先峻拒的肩膀
在那官能小小的坍方
長吉
你又醉了

又復發起痼疾
而且，這首贈答拗得離奇

你又醉了
不停地把世界讀錯
不時把筆蘸進湯裡
像隻痢疾的鳳凰
撐不住自己的華麗
在不適當的時地
盲目飛舞啊你
歪斜的詞句。

解開錦囊
倒出斑斕的蛇虺和珠玉
那是你一日苦吟的成績
被再三斟酌後奄奄一息
入腹的綠醅也灌溉出
蔓生的辭藻纍纍雋語
雜著涕泗與未乾的墨跡。

歌終
一雙瞳仁截下一段秋天的小溪
一雙銀筯擱淺在無盡的筵席
你伸了個懶腰

媚烈的香氣在藥煎的肺腑
糾纏如千年木魅的根鬚。
潑出的玉液吐著火舌蠕行
閃亮的岩漿拭不去
重重落在桌上的嘆息
卻沖走女子裙裾上的錦雲
數朵精繡的芙蕖

寒滑的紅綃被柔暖的肌膚
喚起奇異的生機
被體溫烘焙過的胭脂
於是烙穿了你酒浸的知覺……

當燭座上絳紅的鐘乳成形
暈開的詩行兀自綻放
遠離作者的本意
迴光返照之下
室內的擺設
鮮活欲滴
楚楚望著你
長吉
每個色塊都是一簇火光
煅淬詩人的神經
每一簇火光都禁錮著
冷冷的夢囈

但你必須睡了
我親暱的病患
不久雄雞將啼破
這小小的鬼域——
不用憂愁，長吉
那些以心血餵養的
良莠不齊的詩句
將在你死後繼續照射
枯骨緊守的詩情
像擾擾磷光
眷顧著陽光照不到的心靈。

一九八四年三月寫於〈李賀分析〉之後

# 哥舒歌

那夜
契丹人下了馬
倚著月光
逐字讀他的傷口；
零亂的氣息圈點
汗漬的扉頁凝血的甲
湧生的藤不可辨識的草書
題殷紅的花。

沿著化膿的版圖
血阡陌於抽搐的肌膚
像闖進眼睛的砂
那夜契丹人下了馬。
淬毒的目光被拉滿的弓射出
卻頹然落地
劍眉才出鞘
又讓皺緊的額頭按下。
賁張的筋脈像附骨的箭桿
委頓的髮髭是承不住落雁的
蒹葭

那夜
契丹人下了馬

當戰鼓
被聾了的耳甕封存
兒時的歌
被傷口們傳唱
黑雲泥濘的腳步踏進天空
月光在兵鐵上寒綠的詩句
被歷史任意塗改
那夜契丹人下了馬

那夜契丹人下了馬
驍勇的獵人受寵的浪子
掩著涕淚糾結的面頰
喪命在記憶喧嘩的隴上
鷹隼已死
遠處狡兔磨牙。

# 耶律阿保機

但耶律阿保機比他同父異母的兄弟們更驃悍
扯住馬鬃一口氣就追上
落下的那來不及被許願的
滾燙的星星；
徒手搏鬥十個好手
像和寵妾周旋
有時逆著風
把風跑出一個大窟窿

他喜歡暴飲暴食和運動
用勁拍人家的肩膀
睡覺打鼾
興致好時不在行地歌唱
偉大是足以承擔缺陷的
那些並不傷害他的仁慈、詭獪與
從容

一面叫韓延徽他們出點子、搞漢化
一面用新推行的契丹大字寫他
白話的情書與戰書
「太陽底下至高無上的老子皇帝問候某某某」

信總是這樣開頭。

常把孫子和孫子的玩伴扛在肩上
讓骯髒的手印蓋遍
金織的朝服
呵他們的癢
用笑聲鍛鍊這些壯碩的小狼。

總是整齊地把地圖捲好
並向地圖或別人視線以外的地方
張望
總是幫自己這個想法攻打上個想法

當他悶坐軍帳沉思
像入地三尺的界碑
連時間也躊躇不前
因為他目光比箭凌厲
被射中的人只有屈服和
戰慄

但耶律阿保機是寬大的
——那是強者
才能享有的德行
——所以他也不曾把皮鞭放棄……

每一天，北地酷虐的風沙
剪著夕陽的金指甲
無懼那文明初啟時的孤獨
耶律阿保機領著愛馬的族人
在中國早衰的歷史
留下深深蹄印
偶爾也包含擄掠廝殺
「偉大總包含著
渺小的人格所不能承擔的
衝突與雜質。」
隊伍前頭

他對後生們吹噓
眉飛色舞，一邊，在他們的血液裡
抖擻前進……

# 山賊之歌

燕子銜來春天
在傾圮的山寨築巢
清晨飛下屋簷
化身為汲水盥洗的的少女
倔強的神采玲瓏的身軀緊裹
耐遠航的毅力。
打家劫舍回來

我總會和她相遇
而為前夜的荒唐行徑心虛。
午後，她翩然降臨
在挂壁的弓箭下
啄食我的睡意
使我輾轉難眠
為她所叨絮的難解的祕密

我在此據地稱王
在永恆時空與無謂生命交逼下
占一塊化外之地
於藝術家的執著與陷溺裡

豢養語言的家禽、意象的猛獸
嫉視他人智慧與愚行的秋收。
而日蹙的想像力
如圈了田的湖濱
擱淺了我逍遙的領域
招安的旗幟
也頻頻闖進夢裡
我在此據地稱王
妄想實現創作的無政府主義
緊緊守住自己。並

期待燕子的目擊
將我一意孤行的反叛事業
延續下去。

一九八八年端午

# 齊天大聖

1

我站著。像一座頑石
萬狀雲海跟前澎湃。

風翻雷滾霜飛雪騰
星辰銜枚疾走
怒視的天地，瞬息萬變
張牙舞爪，幾乎要罵出一句髒話
我站著。毫不在乎。一座頑石。

身後是鼓慄、跳樑的胞與
前頭，萬道金光、連天旌旗
氣候的閱兵大典
颶風的實兵演習
它們撲嘯而起——
危立的山川猛退一步

草木顫懼，沙飛岩走，群猴騷動
我站著。像一座頑石。

2

萬狀雲海掙扎輾轉
霞光電氣繾綣糾纏
這時天若分娩、地似痙攣
五色繽紛的波濤
終於迸出滔天巨浪
激射收縮旋轉凝形
在半空，一串雷霆驚爆

諸神步出，飄忽閃爍
橫眉豎目

我站著。毫不在乎。
在天庭——或那裡都一樣
對上哈腰對下板臉的
我沒有敬意
好惡被豢養於成規裡的
我沒有敬意。
一干巨靈欺近
身披瀑布、彩虹
山嵐和盔甲

遮蔽了後排張望的日月
隻塔擎天，中間那人正是李天王。

3

雲層沉沉跌落
眾神下凡
幾個重步踩得
地面上盤糾的松群
連根噴飛而起
我站著。一座頑石
他們耀武揚威，金碧輝煌

幾個戰神湊在一塊
惺惺相惜、沾沾自喜

依附強者的
我沒有敬意
老湊在一塊的強者
我沒有敬意

我喜歡的是自己
此時此地的孑然獨立
任性猖狂、任人唾罵
對抗明顯的優勢

說不出的得意

4

身後是鼓慄、跳樑的胞與——
似乎注定屬於我的
沒什麼體面的東西
但真強者絕不勢利
絕不跟強者沆瀣一氣。
我站著，像一座頑石。

當我行動
我像無數頑石
被擲猛出去

5

我像無數頑石
被擲猛出去

6

眼睛是懾人的

三隻眼睛正恣意注視著
兩隻眼睛
那多餘的眸子使人感到
莫大的孤獨
和二郎神相對
我感到
漏洞百出

我無法分心提防第三道剖析
不喜歡原形畢露的窘境
更不喜歡模範生

那種期待被嘉許的優異
我是一座頑石
頑固地決定自己。

7

我不迎合。不迎合就是不迎合
管他強弱多寡時不時宜
我就是喜歡同時得罪兩邊
搞得裡外不是人
如果被招惹的話。
我是楚楚衣冠裡的潑猴

自負、孤獨，因為我自由。
我自負、孤獨、自由
但我操，這一記真疼！

8

凌霄殿上撒野
我的狀況愈來愈糟
頭痛、眼痠、心浮、氣躁
跌撞在老大帝國的典章制度裡
熱誠與旺盛的生命力
叫我對眼前

抱殘守缺、虛偽顢頇的
付不出敬意
對粉飾的
空中樓閣
付不出敬意
對永恆——永恆的靜止——
永恆靜止的歷史。
付不出敬意。

9

我太尊敬我的敬意

太虔誠了
付不出敬意。

10

那留鬚的出家人，無憂無慮無嗔無喜
介入如外籍強權
出現如自然律
盼顧自雄的日子已到盡頭
但我終要試它一試
這是我對命運不可諒宥的好奇。

我縱情飛舞、恃氣翱遊
逍遙九霄雲外
盡與五指山前
由於知識的侷限
我愚弄了自己……

那又怎樣？
頑石不點頭
如來佛應該握得出我的不可理喻。
老孫遲早要東山再起。

# 徐霞客

我在山巔坐忘
向暮時
靜聞師父招呼用膳
滿山松濤都聽見了
一骨碌爬起
跟我回到白玉庵。
明天我將再出發

柳暗花明到雲南

明天我將再出發
但今夜，澎湃的思潮已
收拾細軟急著上路
意餘老僧還在說東瀛
靜聞心在雞足山
隔室有鼠做人聲
一顆流星打在屋瓦上

一顆流星靈光一閃
我想起萬曆乙丑

那夜
忘了翦芯的皓月
照透了匡廬山
群狐徹夜為異夢騷擾
眾樹在林間走散
松果落地成蟾
溪石綻裂為蚌
那夜我們把酒酣談，互誇
平生結盟各處江山
「一個旅者怎能拒絕路的邀請
當它在跟前蜿蜒？」
「又怎能無睹於無路的誘惑

當它緊抿包不住的祕境？」

日損的形骸苟喘於版圖一隅
狂騁的神思猶欲鯨吞大地
旅者自不量力，為的是
隅逢大化於狹路
暫解千載之憂於一時之開懷
「是啊是啊！一個旅者
又怎能漠對腳底下群峰的鼓掌？」

不同籍貫的山水
操著不同的方言

雀鳥有濃重的口音
溪澗有各自的唱腔
雲族的土司
倨坐山坳　呼風喚雨
彈射之前的昆蟲
靜靜心跳

總有不容置疑的憧憬
使我們在窮途末路
另闢嶄新的希望
總有無法饜足的好奇
守候於登臨的勝境

使我們躍躍欲試
朝下個目標

在難以逆料的造化筵席
有時霞飛雲湧風雷蠢動
視野外的風景正
大幅更新大肆梳洗
有時草木皆兵沙石俱醒
那是我們不小心闖進
蛇虺魍魎的歡聚
更多時候
是無止盡的、呆燥的顛沛流離

遷變的緯度、海拔和心情
哎遲疑著倦旅者的遊屐
——有時瀑聲長自山壁
只比苔蘚高少許
你得貼近著聽
貼近著聽……

一顆流星打在屋瓦上
我想起崇禎乙卯在雁蕩
處士的危棋
讓山鳥驚飛

樵隱的呼嘯
叫一朵無心的雲觸礁

我想起赴閩粵次年、赴盤山
與北客臧否嵩嶽諸山林相
品茗無名湖上波光
「關於這世世代代緊伏於生存地表的民族
我希望他們有機會站起來
眺望一下命運外的遠方。」

「——你可曾見過這麼一隻鳳凰
練唱，在南國某僻靜的深山？」

「或者，小河的源頭怎麼
與當地少女的目光糾纏？」
「山嵐經營忽隱忽現的農場
彩虹垂釣、列嶼嬉游的海洋？」

我想起母年八十陪她上武當
在勾曲的市集為她買下
如今我須臾不離的枴杖
想起廿二歲那年
初謁太湖
蓮華盈野熱淚盈眶
冠帶欲裂心中茫然

此後我習於向天外張望
習於讓突起的興致
領我到陌生的地方
三十載壯遊
行若孤霞、身似敝屐
如今腳程已緩而
身後累積的景致使
回憶的步伐加大

一顆流星打在屋瓦上
在大廳盪漾一泓空曠
萬籟次第離席

旅者獨坐
身心俱疲
而明天
我要上雲南
明天我將再出發。

# 蒲松齡

在下多次經過您的宅第
總是燭影搖曳　魅影幢幢
不時貓鳴狗吠或哭聲悽厲
有時還屋搖地裂、風雲變色
夜行動物都夾著尾巴遠遠戒備

僻處自說遣孤憤
索居聊齋傳志怪

這是您選擇的生活嗎？
和死後生態狎膩相處？
陰曹異界比鄰共存
遊魂野鬼隨侍在側
如果可以
這是您選擇的生活嗎？

屢試不第是許多人始終
想不開也想不透的事
僅有的才情與優秀一再被否定
廁身文曲的願望一再被忽視
您這麼通達的人

想必也無法死心
但是會不會另有蹊徑
讓您逆勢大顯文名？

此次冒昧深夜造訪
正是給先生捎話來的
您的叔祖生汶公
萬曆20年進士
在河北玉田做過知縣
死後一直是我們鄞縣的城隍

他老人家要我跟先生說
您多年焚膏苦讀卻始終乖舛於科舉
是他遣鬼使作祟的
為了要您斷念
有時無端生事
有時越幅調包
有一次還讓您昏病多日呢

您自幼聰穎過人
縣府道童子試連得第一
他當然讚賞有加
但是老人家說

蒲家亂世間科甲相繼
您有異人資質
卻滿肚子不合時誼
改朝易鼎世道險惡之際
若一意功名恐有不測

在這人間猶如煉獄
鬼口多過人口的時代
不如就盡展先生所長
讓庶民相信的世界
在稗官野史也有容身的地方

庶民相信的世界往往不是
淒慘渡日的這一個
當繁瑣浩瀚的官僚文書
無法回應一個簡單的是非
與正義的訴求
當精深的義理
無法修補公道的崩壞
與天理的厥如
當朝廷或清天老爺們
不能滿足百姓卑微渴望
咱也只能另尋出口

萬物有靈　幽冥有路
有時冤鬼妖狐給我們更多的慰藉
有時狼虎猛獸更為我們仗義挺身
有時鴉雀飛羽更曉盡忠捨己
有時蟲魚花草共鳴共感更深

在庶民相信的世界
因果報應是最被信賴的司法
良知良能是天人一心的基石

多年來
您幾乎蒐攬了古代人類

對於超自然
所有正面與負面的想像
相形之下
光天化日只是表象
現實生活薄如人皮
天理循環幽微難測
呼吸是如此輕微
腐朽卻如此永久……

是的，多年後
科舉八股煙消雲散
您所揭露人類心智的原型

仍將反覆出現
在每個輾轉難眠的夢境……

雞鳴破曉　燭光盡滅
是在下該走的時候了
生汶公的話我已帶到
咱們下次相遇
也許是一個想像或
一個故事的開始
也許是文明
或墓穴的盡頭

# 說書人柳敬亭

「他的演奏無與倫匹。

積聚在筑裡的琴音，攪拌沉甸甸的水銀，共鳴出金屬的貴重的深情。高漸離一寸寸把臟腑敲下，餵進燃燒的樂音，每一節每一擊都是激越的回憶滾燙的腳印。他的心重新溫柔地淌血了！像被催動的千蛇，那些被血氣觸發的脈搏，纏繞著飄忽的十三弦，噬啃著聆者的聽覺。鬼神的呻吟清晰回應在深邃的大廳。他層層輸出的力道，被樂器吸吮，並蓄存、累積。他越來越輕，而筑愈來愈重。而秦王政，那陶醉於壯美底燕趙之聲的獨君，越聽越靠近。

像獵犬般，高漸離終於聞到生人的血腥，石封的瞳仁似乎瞧見惡夢中的影像欺近；寒薄的身軀也感到養尊處優者濁熱的體溫。他的呼吸越來越急，筑聲越來越美，而秦王政愈聽愈近。他的呼吸越來越急，樂音越來越美，而秦王愈坐愈近，愈來愈近愈來愈近愈來愈近——」

癸卯夏暮。

李嗣興也降了滿清。

沙在酷日下靜止
塵在兵鐵上積聚
青石路強嚥下征服者的腳步

不敢吐聲……

草木崢嶸
城樓入神張望
燕子在彼陰鬱的眉宇重築覆巢
異鄉嚴峻的口音漫不經心
擲在舊百姓新薙的額頂；
沿鄭成功當年兵敗的路線荷花開遍金陵
我自荊洛北遊，未幾南返
在那貪睡的午後
街貓徜徉，人事悄然
沒嘴兒葫蘆般

整個中國一下子沉寂了

空氣監視一切
新朝代的產褥熱和老江山的盛暑
壓制了動亂與例行的呻吟。
耕牛的汗漬留不過五步
烙在階上是紋風不動的樹影；
野菜夾生的斷垣後
蒸鬱的小運河垂柳而釣
從這望去
撐開窗牖的酒店外
對坐的兩人思索著棋

蒼蠅在桌底飛
有的越過溝渠
溝裡也開滿瞠目結舌的
蓮花。
初八日，投了名刺見撫台某
這馬松江的門生舊識
在白晰的臉上搭起不牢固的笑意
待客殷勤，謹守身分
華亮的絲褂
映照登門求人的柳布衣。
偌大西廂靜覷死水一汙

東南角未曾動工的建材
倚著苔侵的牆墟
日影斜挪，窗花鍍金
黃昏時，燕子銜著餘暉
往江邊。呢喃著，又怕掉落了東西。
穿過月門，夕陽低頭走避
像雨花台上老僧猶帶怒意。

數日盤桓，卸下僕僕風塵
十一日，主人擺了場
請我說書
「這樣罷

愛新覺羅當朝不久
諸多不便
權說本秦叔寶見二姑娘。」

「聖時軒」不大
卻也人頭鑽動拖桌搬椅
一干女眷簇擁吵嚷不時還有些嬰聲孩啼
將台下無知安逸的騷亂瞧個碧波爽清
啞然失笑我發覺自己
老陷溺於記憶的沼地：
昔年風吹影搖的帳下
那些鬚眉、漢仗、市井、勇將

金鐵交擊的目光
混濁粗獷的聲息
稠濃的血黏膩的汗
以及，欲裂的目眥內哐啷啷打轉
精鋼淬鑄的淚滴……

摺扇倏合，改變心意
「秦王政十九年、王翦滅趙、屯兵中山、虎視燕地」
醒木一拍
猛想起
此行乃為了籌措

溘死異鄉那愛兒的葬禮。

天啟元年黃河決堤靈壁
西北大飢、流星如雨
那時我姓曹
泰州犯案、亡命盱眙
卻躲不過天花戳記了的童年
被棄與自棄的腌臢。
昏聵的政局與午後
日子毫無目的——
吳貴不時找我打馬藏鉤
不知負疚的人他

斷了指敗了家離了妻
只在輸掉朋友殘餘的善意時覺得心虛
「滿腹經綸翻來翻去盡是輸」
我們這樣笑他
我們，宋七孫大杜寶和我
靠街坊的鄙夷、畏懼
支撐疏離叛逆蠻橫與自欺
橫行菜市、若腐肉生蛆。

一干青皮服我
因我便利的口給
鬼頭關竅乜斜纏帳橫飛的口沫突梯的厚顏加上滿肚子不合時宜

不知頑抗了多少嚴辭峻語
打蛇隨棍上六國販駱駝掇乖弄俏插科打諢
單音節的吳語撒豆成兵
牙籤一挑就是一牙垢真理
擠眉弄眼
直叫他們箭穿雁嘴鉤搭魚鰓望風披靡。
偶爾偷個話本、裝瘋作傻
唬得孩童的鼻涕就停在那裡
「百舌鳥，」人們說
大笑，哈哈哈
「太像太精采了！我快受不了啦！」

得意的丑角做不久
尊嚴已全然磨損，不足蔽身
清晨，鏡子對我怒目而視
殘陋、卑微的容顏與命運
種火嫌長、拄門嫌短
覺得自己像下等的材薪。

那日，走近江邊撚鬚莞爾的慈柳
突然感到自身較好的部分正
對我作最後一瞥
而害怕不已
而孤雛般無依

我撫樹大哭，當著錯愕的友人
從此姓柳。

不數年
江南盛聞柳麻子口技
三瓦兩舍販夫走卒浪子班頭
嗜之如癡流連忘返
矜持的士紳們
也總要在我經營的世界裡躊躇許久
才回頭去掉弄他們的顯學——
而真正的世界
屬於朱姓、百姓和

遠方哀憤、飢饉的農民的
已耗盡生機。

崇禎元年，連歲大荒的陝北
氾濫起無告者的恨意

明朝從彼死起
光照我們無數興衰治亂的天穹
僵斃成缺米破鼎的熱鍋蓋
當它緊罩而下
而萬千把鋤頭已拚命舉起……

隨著王大梁高迎祥王左掛

災民透過文明的傷口喘氣
沒有解藥
歷史的潰瘍
他們以殺戮來止痛。
不再結實的旱地上
能被凌虐的全被遷怒責怪
人子踐踏著人子
死亡傳染著死亡；
而在纅風織雨的江南
他們如火如荼
繼續聽書。

我這兒
真真假假安穩地相處
不急著兑現
無力的憂思被妥善地交給故事中人

我這兒
從頭到腳已被虛虛實實的恩怨、義理
蛀蝕一空
像具襤褸的走動的中國——
每根筋脈
暴結著一串串人物與事件的果實
每束血管

緊扯住縛之欲裂呼之欲出的情節
每絡神經
雜亂彈奏著講者與聽者的心弦
像春蠶吐絲
我為他們結繭

登堂坐定臉色一斂
十萬八千個毛孔把全場空氣抽進大半
他們的眼珠
被我氣勢牢牢攫住；
鼻孔一縮汗毛翻起
一排排過去

他們的也莫名倒立；
我含著一口要嘆的氣
他們統統感到無法呼吸
眸光一掃
更掃盡席上殘餘的聲息。

像通靈的軀殼
念頭拂到的人物
鬼魂立刻從我癢癢的骨髓中竄起
我化身千萬並與之合一。

第一個聲音決堤

所有耳鼓屈服，顫抖不已
所有皮膚感受到
被吐出的每個字的衝擊
所有心情因熟透而
瓣瓣剝落
眼巴巴期待著雲霓。
一口氣
終於嘆出
他們順斜坡下滑
半寐半醒
隨波漂浮
溶解了座椅

溶解了緊繃的形體
「……
傷心秦漢經行處
宮闕萬間都做了土
興，
百姓苦
亡，
百姓
苦。」

要算的話
雲間莫後光先生

該是柳某的老師了
最好的鑑賞者
是最好表演者的根源：

我的眼睛糾佈血絲
來到他的跟前

第一次，
我把話本倒背如流
吼叫爆頭雞鳴犬吠五到八技滾瓜爛熟
人物個性之揣摩、眉之飛、色之舞
口技、修辭、適時的狡黠、沁脾的溫情
莫不得心應手、玲瓏剔透

「這誰都可以，用不著你。」
他靜靜地說。

第二次
我垂頭進來
像講述剛剛親歷的遭遇
喜孜孜氣沖沖淚潸潸汗涔涔
手舞足蹈身不由己：
說老臣捨子救主
我天人交戰悲愴欲絕直叫他下不定主意
說孤女引頸就戮
我悽惶顫抖只覺命在旦夕

而那忠良的慘死冤屈使
我悲泣不能自已
雨橫風狂中
他靜靜聆聽
跨過我力竭的臥蓆，臨走他說
「好像有些契機……」

像雷電轟擊古樹
我晦暗的靈魂瞬間蓄滿光明
全身穴脈被新的領悟點燃
嗶剝作響
遍佈丘壑的體腔

充滿自燃的空氣
被調了味的五臟六腑裡
故事被釀為情緒
旋轉、發酵、悒鬱為酒
蒸餾、瀰漫、一觸即發
我遲緩移動
如颶風前的雲霞
挾著迅雷驟雨
如擁聚的潮汐
節制著沛不可禦的內勁；
雖然齒未啟脣緊閉
但從肌肉的牽動

髮膚的張弛
我傳達了傳達的意欲。

第三次
來到柳蔭下
他大驚
徹底成為我的傾聽者。

崇禎十七年
李闖闖進枯槁的明廷
恣意嘲弄亡國的士官
五月多爾袞入北京

北風吹進千瘡百孔的華夏
百姓更加流離遷徙——
官寇混戰交相逼
躲了雷公遇霹靂
許久以來聖賢或腐儒捏塑的人性
被棄如災黎的敝履
埋著弦歌、竹簡與玉器的江山
困獸互噬、手足相殘
焚掠進行在被焚掠了又焚掠的
漢唐衣冠的衣冠塚上。

而巨禍環伺的金陵

扶不起的正朔
正以更潰爛的病徵揮霍南明的餘氣
氣數呀氣數
還有什麼能解釋
在孤臣孽子苦苦的苦心上
癲狂起舞、這許多
御製的過失？
八月張獻忠破成都
九月弘光下詔選淑女
史閣部拒絕了多爾袞的招降
馬士英拒絕了史閣部的請餉
明朝之月當真只照溝渠！

避難的江南
我心鼎沸
無以排遣憂時的悵惘
「雲臺不見中興將」
人們期待、胡思亂想
正似千百年前
燕市
那千百個陰霾的夜晚
不死心的壯士
依然興高采烈空談著旋乾轉坤的希望。
不死心的壯士依然興高采烈空談著旋乾轉坤的希望但是——
春陵王氣、已凋喪

疲憊的黃潮湧進鬆動的帝墀
茫然的眼光駐滿大街小巷
帶來蝗蟲過境的恐慌……

生生世世不得翻身的哀鴻
逃難逃荒逃命卻無所遁逃於中國天地
鋪蓋的霉味
傷風的藥味
泥垢的腥味
在新起的宮牆外
這麼多人，看，這麼多人……
寂靜的黃潮

未激起一抹浪花
而湮滅了王道理想的修辭學
我突然徹悟
他們是如何埋葬了一個又一個朝代……

「南隅非我鄉，何為久滯淫？」
酒酣時，我們悲吟擊節
沈公憲引吭歌嘯，聲破頹雲
他們圍攏，先是靦腆，憨厚堆笑
他們諦聽，寂靜如一座座山丘
映著火光，一座座金礦。
他們圍攏，我們神魂飛揚

前所未有的支持來自這些人
畏縮、刻骨的激賞
「狐狸馳赴穴，倦鳥盤故林
顛沛無終極，氣結不能言」
張燕筑最後一段完全走調
他的舌頭因激情捲曲
卻努力想把哭腔飾為歌唱
像破舊而賣力的風箱
把愁苦的心冶鍛為金。

他們憋著氣
使勁維持臉上欲墜的線條

以皮肉的堤防去抵擋
第一顆淚水的迸氾。
但是月光
還是沿著平板頑強的面頰與
他們初次對自己的憐惜
流下來。

「不成！」一個巨影踢椅而起
「讓我們再把這個世界扳回來吧！」
映著柴堆，他臂上每片甲鱗
燃著烈焰
「讓我們好好的、好好的、好好的

再一次反擊……」

弘光元年三月左良玉軍譟而南
不久奉詔守楚、駐皖待發
我們在彼初識
以凜然的眼色交談
以肝膽相知
篝火刀光相照
他跋扈驁悍
卻渴望我的肯定
說來好笑、和往昔豪傑深交默契
宛若英靈附體的柳生

儼然古今義士的代表
我的意見凌駕了自己
乃因無私的關切凌駕了自己。

帳下
我總是說荊軻高漸離——
圖窮匕現、覆水難收——
當刺客在秦廷一擊不中
氣急敗壞
二度追殺不成
悲憤交集
一把誤陷金石大柱的利劍

還是緊緊戳進不可更改的歷史了
他絕望地怒吼
「喝！」我大叫一聲
如在座間引爆了火藥
人人心中滾燙、臟腑焦枯、舌蹻不下
帳內回聲甕然……

像一帖猛藥
一半速效、三分副作用和
兩成的啼笑皆非
左寧南是廷杖與賜死的朝廷
所能賸下最好的人才

雖已病入膏肓
慷慨激昂猶似風中巨樹
叱咤著東林餘氣與
綠林餘氣
率性如雷
陰沉如虎
酒後，我可以看見
煮沸的血液在他鬆蛻的容顏下迴流
是的，每次咳嗽都
幾乎撐破那脆弱的皮囊
而他依舊喜歡易水的浪漫

喜歡令人扼腕的盛事
野火般照亮漸暗的生命

他不時犯錯
乃權力、個性使然
我像憚精竭慮的東方曼倩
迂迴、吃力地勸告、轉寰
雖位卑人微
靠著對人性的熟練、將心比心的體貼
引經據典、穿鑿附會、連哄帶騙
或擬弄臣、或作辯士、作和事佬
蓮心雖苦

依舊施澤與甘、仗義任俠、排紛解難。

無數大陣仗
我氣定神閑、侃侃而談
若諸侯上客
有些時辰——
又多怕被人一眼洞穿
罔顧我的技藝、豪情
直盯著我低賤的身分、寢陋的容貌……
大局糜爛、惡訊頻傳
暴秦不一定是誰

但顯然已取得絕對優勢；
而廟堂外議論紛紛
不正是風雨如晦六國菁英？
侷促歷史一角
不同的鄉音、相同的心情。

左寧南不久病死江中
四月揚州淪陷屠城十日
七月清兵破嘉定
明朝像墜地的隕星
炸成四散的炭火
在嶺南、雲南和台灣

然後焦黑、冷卻

當刺目的陽光迎面而來
我們又繳出中國——
我們曾不自量力把她扛上肩頭——
那幾千年來被帝王將相禁臠的
被天災人禍踐踏的
我竟然也曾扶她、摸她一把
一如其他的人：
平凡的，不凡的，善、惡、忠、奸……
分享了她
在她垂危的時候……

刺目的陽光迎面而來
天命找到新的代理
磕頭的老百姓蹲回路旁下棋
磕頭的老百姓仍著迷於
聽我說書
他們崇拜那些名字
卻不知無名的他們
才是柳敬亭一生無以訴說
唯一
偉大的故事
「不如意事十八九

可與人言無二三」
癸卯夏暮
聖時軒說書、百感交集
閑提往事
權作個得勝頭迴。

「在歷史的另一角
立冬後的咸陽是肅殺的，但高漸離的神情更寒酷：他的臉因終年不語霜化為冰；心已被復仇的意志煉成玄鐵；血凝為碧、氣凝為刃。只有眼中電光石火的意念，偶爾裁去路人懼疑的目光。瘦峋的軀體緊裹著殺氣透浸的骸骨，寬大的衣裾掀動著易水的寒意。而他的琴藝更是爐火純青，無懈可擊。沉默不語，沉默不語，人們只看見他沉默如一尊行屍，卻不知他把原先激烈狂放的生命移植到那漆黑奪目的樂器。當他從喜怒哀樂中隱遁、成精的筑是唯一活著的部分——堅冷的琴於是有了脈搏、有了聲息、有了情緒，它才是高漸離——而他、高漸離，沉默不語、不再是高漸離，而是所有烈士復仇的工具……」

後記：最後一段蛇足，宜低聲模糊，宛自隔壁或歷史的隔壁傳出……

【注】

## 說柳敬亭

陳大為

他的名字是一則待考的故事。

在改名為柳敬亭之前他姓曹名逢春，個性獷悍無賴的他在十五歲那年，犯下「不明」的死罪而逃亡到江北盱眙市。他花三年去觀察說書人的技巧，捉摸其中的奧妙；才十八歲，便開始他極富創造力的說書生涯。後來他到了江南，在一棵大柳樹下，攀著柳條撫著樹身，一時感慨萬千，當場更姓改名從此姓柳。另一種說法是他隱居柳林以避難，終日以柳為伴遂改姓柳；當然也有更附會的解釋：

他醉臥敬亭山下被垂柳拂過，一時萬千感慨而改姓柳，又號敬亭。總之，三個真偽難辨的說法都跟柳有關。

從此，這個全新的姓名便常常出現在當代文學作品裡頭。在孔尚任的《桃花扇》和袁于令的《雙鶯傳》可以讀到他的事跡；張岱的《陶庵夢憶》烙下他虎虎的眼神、生風的手勢，在景陽崗上他便是武松，老虎即是動彈不得的聽眾。詩人吳偉業和一代大哲黃宗羲，分別寫過兩篇〈柳敬亭傳〉來記述他的生平和技藝。是天賦，還是人生的不凡際遇成就了柳敬亭？

第一個關鍵人物是莫后光。他最擅長《西遊》和《水滸》，他說書，非常強調人物性情的細膩分辨、深入考究故事的背景與風俗、掌握百千萬種形容，然後剪裁故事，穿插情節，還得故意露一些破綻，到最後才將每雙猜疑的眼睛一棒喝醒。柳敬亭從莫后光身上悟到物我合一的說書境界——忘記自己是個代言人，神入到故事中的生、旦、淨、丑裡去；讓聽眾忘了自己是聽眾，聞其聲如歷其境。

這還不夠，必須加上左良玉和明朝的敗亡。

崇禎十六年柳敬亭當上明將左良玉的幕僚，很受器重，不但在軍中說書，同時也擔任文書方面的工作。左良玉讓柳敬亭接觸到明末的軍政系統，更深刻地體會了王朝的腐朽與敗亡；這股對亂世的慨嘆，使他在演說最擅長的《水滸》和《西漢演義》時，多了一股源自靈魂深處的悲憤之情。說水滸，能演活英雄對亂世的怒吼，有蛟龍在眉宇間纏鬥，即使連黃宗羲聽了，也登生亡國之恨；說高祖，更是令舉營的牙門羽騎劍拔弩張，久久不能平息。

說書的天賦，加上年少逃亡的生涯、名師的指點、軍旅的見聞、亡國的體驗，才成就了這一位說書人。

明末遺老閻爾梅曾經寫過一首六百字的長篇古詩〈柳痲子小說行〉，來記述柳敬亭說書的超凡技藝。那是清康熙五年的事，雖然高齡八十，但柳敬亭沒有因年老而氣衰，說書的技巧反而更臻化境。學者也由此推算，柳敬亭生於明神宗萬曆十五年。

西元一五八七年，蘇北泰州誕生了這位原來姓曹名逢春的孩子，他的說書神技在三百九十八年後，被誕生於台北的羅智成重現在〈說書人柳敬亭〉一詩之中。屈指一算，又是十五年前的舊事了。

（本文作者為詩人、作家）

# 造山

## 記余承堯的畫

老將軍的造山運動沿震旦方向
從西北、東南、福建永春到台北中和
那些峰巒、溪壑、懸岩、絕壁
簇擁、堆疊
直上卷軸最上方
實際的尺寸和重量
鋪陳在數尺軟軟紙帛

令人視野欲裂

在觀者罕至的峰頂，那些露頭的岩塊、筆觸
把蒼穹逼入角落，
無視鬆脫的稜線
它們傲然蹲踞、犬牙交錯
而造山老者
則安坐海島一隅、畫外一角
忘情聆「風落梧桐」

像一顆幼年期行星
構思著多變的地表

老將軍心目中的山水總是
高落差，多皺褶
快速發育且遍佈石灰岩地形的，
尚未凝固的想像力
融鑄未定形的美景
不時在山巔之上飛來一山
奇石之外另砌奇石
而在入地千尺靈魂底層
則翻攪著
熔岩、蒸汽、泥淖及貴重金屬
流洩著分合分子的能量
拱出尖峭的海拔

撐起密被岡巒的萬千樹柱
和滿眼的、無處留白的翠屏疊嶂……

那些在中國古老版圖上
默立、發怔、沉吟、撒野或
迭遭濫墾的叢山峻嶺
長久以來被畫家們以一種
安靜、嚴謹的符號
馴養著、看管著，
在他們眼底
由玄武、安山、片麻、石英所鍛造、沉積
由蝴蝶花粉、猿猴啼叫與麒麟的血跡所染色

由風雷雨雪
一寸一寸琢磨出來的
崢嶸山脈
僅是各家畫譜、各派皴法的組合

老將軍不一樣
老將軍闖入這片山水時
猶帶斥候的警覺
自然主義的素樸
山就是山
他走過它們
攀過它們

認識它們

鐵甲、石齒、崆峒、九華
崔巍的身影連同一草一木
直接進駐隱者胸次
不需名師引見
不需美術史轉述
那飽浸詩情與南管雅音的
心靈
自可一覽無餘……

老將軍的美學崇尚真確

即使夢境也得瞧個碧波爽清
斑斕的雲霞詭變的筆法
遮不住紮紮實實的風景
他喜歡層次分明、稜角分明地
丈量這億萬噸石材無限的可能性
引領後來者的目光
透視
在他的記憶中兀自壓縮、轉化、抽發的
巨大的
雨後春筍
是的

所有這些山、這些斷層、褶曲
其實是在一個逐漸黯淡的夢中容身
但是老將軍
細心照拂著這些胸中塊壘
苦心鑽研
用心琢點、塗抹、拼貼、編織、刻鏤
在夢境熄滅之前
把這些巍峨的巨燭
重新點燃在
被早衰的文明所侵蝕的、風化的
殘山賸水之前
宛如地表再生。

我面山而立
而眾山森然
彷佛它們一直就
只為自己偉大……

# 舞墨

## 觀董陽孜書法

每一支筆都是一尾蟄睡的龍
飲鴆止渴 飲墨復生
每一個漢字都是我靈魂的基因
組合出無可替代那個
在地球上行走的
人

黑色　黑色的血液
已凝結成字的胚胎
含苞待放於飽漲的筆尖
蓄勢待發在墜地時睜眼
目擊自己漆黑的　顯現……

但是那筆一沉
搶在地心引力之前
追上尚未滴出的融岩
順勢把接住的意念
深深拽入綿白雪原
那筆鋒稍一滯陷

猛然又拔地而起
像被鑿開的石油
射出一道皁色水袖
幾番曲折翻騰
一尾黑狐迅速
攫住飛濺的鵲羽……

在七尺素帛上
鐵鑄的犁狠狠
犁出黑色阡陌
在方寸之間

脫鉤的泥鰍
迤邐出
黑色急流

這些熾熱的符號
以創世的能量
模擬著心靈的線索
是遠古巫祝
用勇敢的想像
編織刻鏤　奧妙的宇宙
而最華麗的文明

在最單純　自然
黑與白的糾纏辯證中
從容流洩　盡顯輝煌……

黑與白
是視覺的初始
陰與陽
是宇宙運行的原型
輕與重　緩與急　治與亂
深或淺　粗或細　方或圓
是心靈的動靜
生命的隱喻
舞蹈的實現

當一個漢字翩然起舞
法度嚴謹卻忘筌自如
隨機建構卻不曾反覆
被雷火焚燒過的骨架
在天雨粟鬼夜哭的現場
蛻下了具象的肉身
如今又飽吸松煙精華
意欲借屍還魂

千百年來　被
兔毛羊毫狼鬃虎鬚的
質地與張力含吐醞釀　廝摩激盪
被無數巧腕縱橫著人體工學

一筆一劃琢磨出來的
卓絕姿體
被忘情的書寫者
重新鑄造　重新彈奏

側　勒　努　趯　策　掠　啄　磔
被引爆　變形　簡省　誇大
化為書寫者
延伸的肢體
豐盛的表情
撩亂的身影

化為
一個又一個世代
文人胸中的塊壘⋯⋯
黑色　黑色的血液
已凝結成字的胚胎
懷藏著　濃濃　濃濃的感慨
不可揣度且永遠唯一的
美學遭遇啊
就要再被
書寫出來

初作於董陽孜「字在自在」展後
定稿於二〇〇九展前

# 父親

「我一直想為您寫首詩，
但是我們互愛的祕密
是不容被揮霍的家當。」

有一天我們要走在大湖之濱
在祂忙於清點群魚時
幫祂清點香花和水鳥
當星星盥洗而昇

我們以顛沛的靈魂
幫祂測量土壤；
那時，我們蹲坐田隴
豐盛的眸光
和帶著風吹草動的寂靜
交談。安詳的笑容隨夜空緩轉

有一天我將從子嗣們的
耕地裡出生
不再悲傷地歌詠肉體。
我們的福祐傳遞給後輩
頑強底剪影——

如果我不曾阻止烈日
烈日鑄造他們的雙肩
如果不曾阻止洪水
洪水給他們一箱箱
眉頭深鎖著的智慧

有一天，我們將到天空去
屯墾
在星宿間圈我們的田
修我們的菜園。
修我們的縣志。
此刻，請看我
我銀色的額頭因熟睡而，融化

牲畜們在我枕邊飲水
村婦以波光編結漁網
在大湖之濱
再緊繃的夜幕也不能籠蓋的
這曠沃之土，您看
遠處的黎明，就是夜他捉襟見肘的地方

父親，而我們的家族
將蔚為森林
像在時間之海裡高舉的帆檣

一九七八・六・十

【附錄1】

# 情詩

這將是一首情詩
一朵花不須為它的香馥
感到羞赧。

所以，你何不靠過來
捧住喟嘆
堅定的笑意

輕攬盈溢的目光
說：
來呀！
我愛你（我找不出替代的話）
請照顧我的驕傲與創傷（我找不到
比交出它們更真誠的，表達）
我負你過河，走坎坷的山路
我負你過河，回野狗吠叫的村莊
相信我（唉，多樸素的要求）
我負你過河。
說：

你的期待，是我奮鬥的起始
說：
相信我。
親愛的，□□

所以，你何不靠過來
滿懷憂傷，卻帶著無懼底溫柔。
滿心忿懣，但不以苛責別人
來彰顯自己的負擔與責任感。
當沼澤上的野花掩藏了失足者的骸骨
不快的過往交奏粗魯的健忘——
喧囂歡聚的人潮裡

你何不靠過來，低聲說
說：
你在這兒啊？
我無時無刻不惦記著你。

說，你不髒、不醜
你是我的姓氏與胎記
（深深加深了我
榮耀與屈辱的意義）
說，你殘喪病陋
但我怎能嫌你怪你？
過去，我的父祖就是你

現在，我們就是你
所以，你何不靠過來，俯下身
睜大眼睛
撫挲我的虛弱，我的潰瘍，
捧讀來途上汗血斑斑……
為可氣可憫的愚行，再一次扼腕吧
為虛矯迷惘的現在，再一些氣急敗壞
醒著的人總要承擔
睡著的人
惡夢中的悲哀。

所以，你何不靠過來？

說：
等我，忍著點，就在這兒
再給我一天或一千年
我都將用我的方式竭力貢獻
我將飛越眾神的眉梢，無懼包袱的干擾
我將盛裝面對命運，不再把自己隱藏
以最幸福的生活詮釋我的使命
只要我不背棄自己
我就永遠不曾離開你
最久遠最親愛的，理想主義。

而我將照顧你託寄的的倦容
在每一次你回頭的時刻。

所以，你何不站起來
肩起我
說：
來！
讓我們——
（我激昂起來，當我們成為我們時
陰霾頓開）
繼續往前
愛的承諾是沒有止境的

只要你在身旁——
我的愛人
只要你要求
我不都給了你嗎？

一九八六年七・七
一九八七年十・十人間副刊

【附錄2】

# 走向洛陽的路

## ——羅智成詩集《傾斜之書》序

楊牧

在大學時代，少年歲月的晚期，有人潛近於神祕的個人經驗，幻想，一些驕傲和憤懣，並結構醞釀他獨特的美感意識，試圖把眼前破碎的現實推向不可逼視的另外一個紀元，另外一個國度，把心思和精神壓縮轉化，逸入純粹的詩的世界，在那世紀裡重新認識自己，從而和周遭的現實社會保持一定的距離，甚至和自己保持著一定的距離……

於是，少年詩人是冷靜的，冷靜地觀察著他自己如何投射到另一個紀元另一個國度——純粹的詩的世界——並且活動著，帶著一種犬儒色彩的英雄氣概，從一個事件進入另一個事件，周而復始地訴說著，感慨著。詩人則冷靜地觀察、注視、記載、有時並且深深為自己投射出去的形象所遭遇的一連串不平凡的經驗，為那悲壯和淒美，深深地感動了。

詩人是運筆、佈局、造句、遣詞的人，他筆下的「戲劇角色」（dramatic personation）以寓言式的生命情調創造涵蓋全篇的氣氛，提示思維的梗概，肯定一種虛實互換的美學。

這是少年時代的羅智成，哲學系的學生，喜愛詩和美術超過柏拉圖和聖．湯瑪斯．阿奎那；他是無中生有的「鬼雨書院」的創始人和唯一的成員；他善於思考，也耽於幻想。「你看，」

他曾經自負地說過：「我的眼睛正忙著調動那些雲彩。」他的思想和周遭萬物密切地接觸，更時時企圖去凌越大自然，去指揮駕馭。羅智成曾經以詩和美術為自己設計了一個小型的宇宙，在那宇宙中，他是全能全知無所不在的主宰，神祕智慧的自滿的哲學之王。

然後他從哲學系畢業，出版了《光之書》，離開他詩中轉化渲染得像是中世紀僧院的臺大文學院，去當兵。〈一九七九〉追述這其間生活心態和精神藝術轉變的痕跡最詳。接著他創作了〈問聃〉，擺脫過去所有的驕傲和憤懣，擺脫早期輕度的唯美傾向，甚至擺脫了「純粹」，只保留他一貫的神祕色彩，乃在那神祕的氛圍裡注入濃厚的知識性和歷史意識，應用交疊的意象和事件，折衝的聲調和色度，提升了詩的高度，探討文化、智慧、儀式、使命，以及死亡的問題。

二

〈一九七九〉詩前引用了一段一九七四年的作品。雖然羅智成寫村莊的泥濘街道，村人的屋頂，炊煙，初看似乎是記述著某種經驗，但一句「化雪時」證明這經驗是心靈想像的經驗，甚至是來自閱讀的，而不是親身的遭遇。那時的詩人正是鬼雨書院的院長，經營著他的想像世界，極端慎密，極端遙遠。對他來說，今天的詩裡浮動著「以前的創作」（見〈野兔〉）是理所當然的，因為他專致於斯，不容創作中斷。回顧羅智成的作品，我們可以發現許多迴轉複沓的現象，每一個時期的作品都和前後的成績交疊連鎖，而以鉅大的加速度馳向當前。羅智成不是那種忽然突破拔起的詩人，是綿綿不斷累積深厚，乃展現出驚人的功力的詩人。

到了〈一九七九〉，羅智成已經逐漸從僧院式的沉思默想，從虛幻的純粹美，渡向比較容易辨識的現實世界。現在他「像遠離討論的群眾，感到冷清（閉塞）」，他「畏懼落後」。這個現象和鬼雨書院時期的自給自足是不太一樣了。我記得在那以前不久，羅智成以鬼雨書院開拓他絕對的自我意識，他和友人談詩，目的是要聽者信仰他的福音，皈依他獨創的詩之神學；而他的友人（我還記得）當然也是頭角崢嶸地反擊著、辯論著，企圖改變他的信仰，接受他們另一套詩之神學——所以當他宣揚著鬼雨書院的信念和規律的時候，楊澤竟號稱「薔薇學派」也已經誕生了。這是若干年前的事，到了〈一九七九〉，他的感慨更深，怕冷清閉塞，和所有真正的詩人一樣，畏懼落後；而我相信他的友人也有相同的意識。而且他這樣說道：

那些我憂慮的
在作品中提了又提
有些則不曾說出

惟其是些在作品中提了又提的憂慮，乃是真正的撼人心智的憂慮，迴轉複沓著向我們襲來；而他更感歎地承認：「有些則不曾說出」。羅智成已經領悟到詩的力量，詩的限制，和詩之所不能暢所欲言的一些局面了。

詩人的知識和精神拓寬成長，於維根斯坦，於艾略特（相對於「班長幼稺的哲理」），於初識的野薑花；「戰爭有些遙遠」，他說：「我們知道得不多」。在這首長詩裡，他依然淋漓地表現了他一流的寫景技巧：

在竹山有個美麗平靜的下午
山邊種有扶手瓜，軟枝黃蟬
雷聲在雲層的地板上遊走
當天色漸暗而溪邊款款一亮
是成群成群的野薑花

然而他並不耽於寫景，反而深刻地開始思考著社會和文明的問題了。這時他「對都市如何成為文明的墳場感到好奇」；他對於兒童眼裡所充滿的憤恨感到意外，他發現一個「浮士德俱樂部」，原來是一群叛逆的不能專心下棋的老人的「暴力組織」——兒童和老人都是危殆可悲憫的。羅智成說：「我無法阻止自己更廣遠地介入現實，我不願宣稱已被它束縛，但我確實是」；他想探索文明的象群「神祕的死所」，而且體會到「不快也許可以帶來新知與能力」。這時，我們可以肯定地說：羅智成已經不是驕傲憤懣的少年了，他思維深刻，並因為深刻的思維而憂慮不安。

這種憂慮不安向前推，便是〈問聃〉。

史記〈孔子世家〉和〈老子韓非列傳〉都提到孔子適周問禮於老聃的故事，但都相當簡略。老子提出一節觀察人情世故的原則，供孔子參考，最後說：「吾所以告子，若是而已」。接著史家如此記載：

孔子去，謂弟子曰：「鳥吾知其能飛，魚吾知其能游，獸吾知其能走。走者可以為罔，游者可以為綸，飛者可以為矰。至於龍，吾不知其乘風雲而上天。吾今日見老子，其猶龍邪！」

老子的形象和智慧大致有了肯定的顯示，孔子的溫恭好學也同時流露了出來。羅智成以這些訊息為基礎，通過詩的渲染和哲學的支持，建構了一首非常動人，具有啟示性的長詩。

〈問聃〉的地理背景是走向洛陽的路，以及洛陽本身。羅智成看洛陽，帶著歷史的悼傷語氣，懷古的，感歎的；「衰敗的旌旗淪為蝙蝠的巢穴，」他寫道：「他們在暮色中跌撞。」詩人所捕捉到的是一種準確的古舊的氣氛，有點迷戀，有點困惑——正如他在〈那年我回到鎬京〉裡所說，面對一份「不可挽回的時間」——而投影於古老的北地風景裡的，正是一個帶著強烈政治抱負和社會意識的孔子，帶著「重重心事」，因深思文化和人生而產生的「憂傷」。

沿著德行沒落的方向
來到荒蕪的井田中央

在大時代的末端，一切彷彿已經結束，理想主義者所設想的烏托邦（井田制度）已崩壞荒無，禮樂的德行已經沒落，哲人憂心忡忡地尋覓著、思考著，甚至是流浪著的。

文化的黃金時代似乎出現過，在歷史的初期，使我們濃重地緬懷著，臆想著，有點相信又不免疑惑。在堯舜的國度裡，「一切原本井井有條」，然而現在我們把握不住那頭緒；把握不住，可是又無法釋懷，不能忘卻它。詩人寫孔子像老子移近時，帶著強烈的畏懼，不是畏懼那人，是尊敬智慧，更希望那人是一個啟迪的智慧的化身，而不是狡黠的詭辯士。孔子要問他政治和人性的問題，社群取向的問題，是非譎幻的問題，儀式和預兆的問題——一切形而下和形而上的問題，他已經思索過，卻難以解答的困惑，「這些我要問問他」。

羅智成根據古典的提示，以「龍」為副題敘述老子的出現和老子和孔子的對話。第十三至第十五節約四十行形容老子的顯示

（epiphany），而且以孔子的眼光加以描摹，充滿詩的張力和神諭的重量。大智者在焉，正如道經十五章所曰：「儼兮其若客，渙兮若冰之將釋，敦兮其若樸，曠兮其若谷，混溪其若濁」。他和常人所想像的智者不同，但瞬息間似乎又力能說服我們，這是另外一個典型，和孔子的姿態神情迥異，無妨，原來天下抱守智慧的人物本有許多不曾統一的面貌，多元殊途，正是生命和文化的博大深刻。羅智成謹守意象的完整性，以龍的形象貫穿孔子的觀察和體悟，心思的忐忑不安，好奇，和恭敬。

第十六節至第二十一節設想兩人的對話，並且探索彼此潛在的智慧，如何發生、接近、衝突、調和。儒家和道家的理念落實於藝術寓言，為辭采行動。他們互相揣摩彼此的思維，為亂世和末世下定義，尋找「盛世」的可能性，在黑暗中感知點滴細微的光明：「也許該說，相對於理想每一時代都是亂世」。羅智成通過聖賢的對話，充分表達了他對於文化和歷史，對於理想和氣力的思考；他的語言簡煉堅實，緩急合度，在一種神祕的宇宙裡，準確地、勇敢地為一個事件歸劃前因後果，並主動為那事件下結論。惟詩人有能力企及這幾乎不可能的境界，為一偉大的事件建立或然（也許是必然）的詮釋。我們承認，孔子適周問禮於老聃，乃是中國歷史上最偉大最重要的事件之一。

然而，這結論也許還是略帶悲觀色彩的，老子所能提示於孔子的，也許還是睿智所必然具備的些許沮喪和失望。羅智成想像「問聃」以後的孔子，依然憂傷，甚至更困惑了。文明何去何從？法則？典範？抱負和使命？但是「不要急」，老子說：「中國的古代才開始……」堯舜的國度已經消逝，禮樂德行已經沒落，井田已經荒蕪，可是歷史將從這一點開始，仍將向前延續推展，並且創造許多事故，見證許多亂世，沒落，和荒蕪；或者，也有可能，在遙遠不可預測的未來，將不其然搖盪出一個不可思議的「盛世」來……

三

羅智成秉賦一份傑出的抒情脈動，理解純粹之美，詩和美術的絕對權威，而且緊緊把握住創造神祕色彩的筆意——他曾經使用這些基礎才具寫出《畫冊》、《光之書》和未入詩集的許多一流作品。他珍惜人情和愛戀的詩意，一唱三歎無不極端動人；他多識草木鳥獸之名，通過象徵來揭發人際關係的美好和晦暗，動人和無奈。這些已充份足夠支持一個重要詩人的氣度，向前探索追尋，為生命和社會下定意，去讚揚，去批判。

然而羅智成顯然不曾自滿於他的抒情主義。他以鬼雨書院的純粹為基礎，通過《光之書》和〈一九七九〉的多面踪跡，逐漸獲取「結構」的技巧，傾向於敘事，並能自如地鋪陳擴張，結合外在世界的變化和內心的動亂於一篇幅之中，始見純粹的抒情和敘事技巧相調節，迴轉複沓，不改本色。當他創造出〈問聃〉的時候，他已經超越了自我，他的思考孕生了文化的憂慮，設想古代的苦悶和希望，對準一偉大的歷史事件，大規模地提出他的詮釋。羅智成一貫的神祕色彩仍在，但到了〈問聃〉的階段，他已不再是為神祕而神祕了，而是為了超越現實的詮釋，為了禮讚介入的精神，雖然介入令人憂慮、哀傷、沮喪，甚至難免永遠帶著宿命的悲觀。

一九八二年七月　西雅圖

# 索引

| | | | |
|---|---|---|---|
| 哥舒歌 | 一九八三・十 | 一九八四・三・十三 | 人間副刊 |
| 耶律阿保機 | 一九八四・一 | 一九八四・九 | 聯合文學 |
| 山賊之歌 | 一九八八・五 | 一九八八端午 | 人間副刊 |
| 齊天大聖 | 一九八六・七 | 一九八六・十 | 中央副刊 |
| 徐霞客 | 一九八六・七及一九八七・一 | 一九八七・四 | 聯合文學 |
| 蒲松齡 | 二〇一三・七 | | |
| 說書人柳敬亭 | 一九八五・六 | 一九八六・四 | 聯合文學 |
| 造山 | 一九九八・七 | 一九九八・七 | 聯合文學 |
| 舞墨 | 二〇〇九・一 | 二〇〇九・一・二四 | 聯合副刊 |
| 父親 | 一九七八 | | 中外文學 |

國家圖書館出版品預行編目資料

諸子之書 / 羅智成作. -- 初版.
-- 臺北市 : 聯合文學, 2013.08
264 面 ; 12.8×19 公分. --
(文叢 ; 572)(羅智成作品集)

ISBN 978-986-323-059-5(平裝)

851.486 102015677

聯合文叢572

# 諸子之書

作　　者／羅智成
企劃・設計／羅智成
封面・插圖／羅智成

發 行 人／張寶琴
總 編 輯／李進文
責任編輯／黃榮慶
資深美編／戴榮芝
校　　對／羅智成　羅珊珊
法律顧問／理律法律事務所
陳長文律師、蔣大中律師
出 版 者／聯合文學出版社股份有限公司
地　　址／台北市基隆路一段178號10樓
電　　話／(02) 27666759轉5107
傳　　真／(02) 27567914
郵撥帳號／17623526聯合文學出版社股份有限公司
登 記 證／行政院新聞局局版臺業字第6109號
印 刷 廠／鴻霖印刷傳媒股份有限公司
經 銷 商／聯合發行股份有限公司
地　　址／(231)新北市新店區寶橋路235巷6弄6號2樓
電　　話／(02) 29178022
出版日期／2013年 8月　初版
2017年 8月24日初版三刷
定　　價／280元


ISBN 978-986-323-059-5 (平裝)